湯顯祖批評

花間集

據江西省圖書館藏明末套印本花間集影印　版框大小一如原書　王重民中國善本書提要疑是書亦閔暎璧校刻本也

花間集序

鏤玉雕瓊擬化工而迥巧裁花翦葉奪春豔以爭鮮是以唱雲謠則金母詞清挹霞醴則穆王心醉名高白雪聲〻而自合鸞歌響遏行雲字〻而偏諧鳳律楊柳大堤之句樂府相傳芙蓉曲渚之篇豪家自製莫不爭高門下三千玳瑁之簪競

冨尊前數十珊瑚之樹則有
綺筵公子繡幌佳人遞葉〻
之花牋〻文抽麗錦舉纖〻
之玉指拍按香檀不無清絕
之辭用助嬌嬈之態自南朝

之宮體扇北里之倡風何止言
之不文所謂秀而不實有唐
以降率土之濱家〻之香逕
春風寧尋越豔處〻之紅
樓夜月自鎖嫦娥在明皇

朝則有李太白之應制清平
樂調四首近代溫飛卿復有
金荃集邇來作者無媿前人
今衛尉少卿字弘基以拾翠
洲邊自得羽毛之異織綃泉

底獨殊機杼之功廣會衆賓
時延佳論因集近來詩客曲
子詞五百首分為十卷以炯
粗預知音辱請命題仍為
敘引昔郢人有歌陽春者號

為絕唱乃命之為花間集庶
使西園英哲用資羽盖之歡
南國嬋娟休唱蓮舟之引
唐廣政三年夏四月大蜀歐
陽炯序

婁縣季許書

[illegible]

[illegible]

[illegible]

[illegible]

[illegible]  

[illegible]

[illegible]

自三百篇降而騷賦、
不便入樂、降而古樂府、
、不入俗、降而以絕句為
樂、而絕句少、宛轉則
又降而為詞、故宋人遂

以為詞者、詩之餘也迺
北地李獻吉之言曰詩至
唐古調亡矣然自有唐
調可歌詠猶足被管
絃宋人主理不主調於

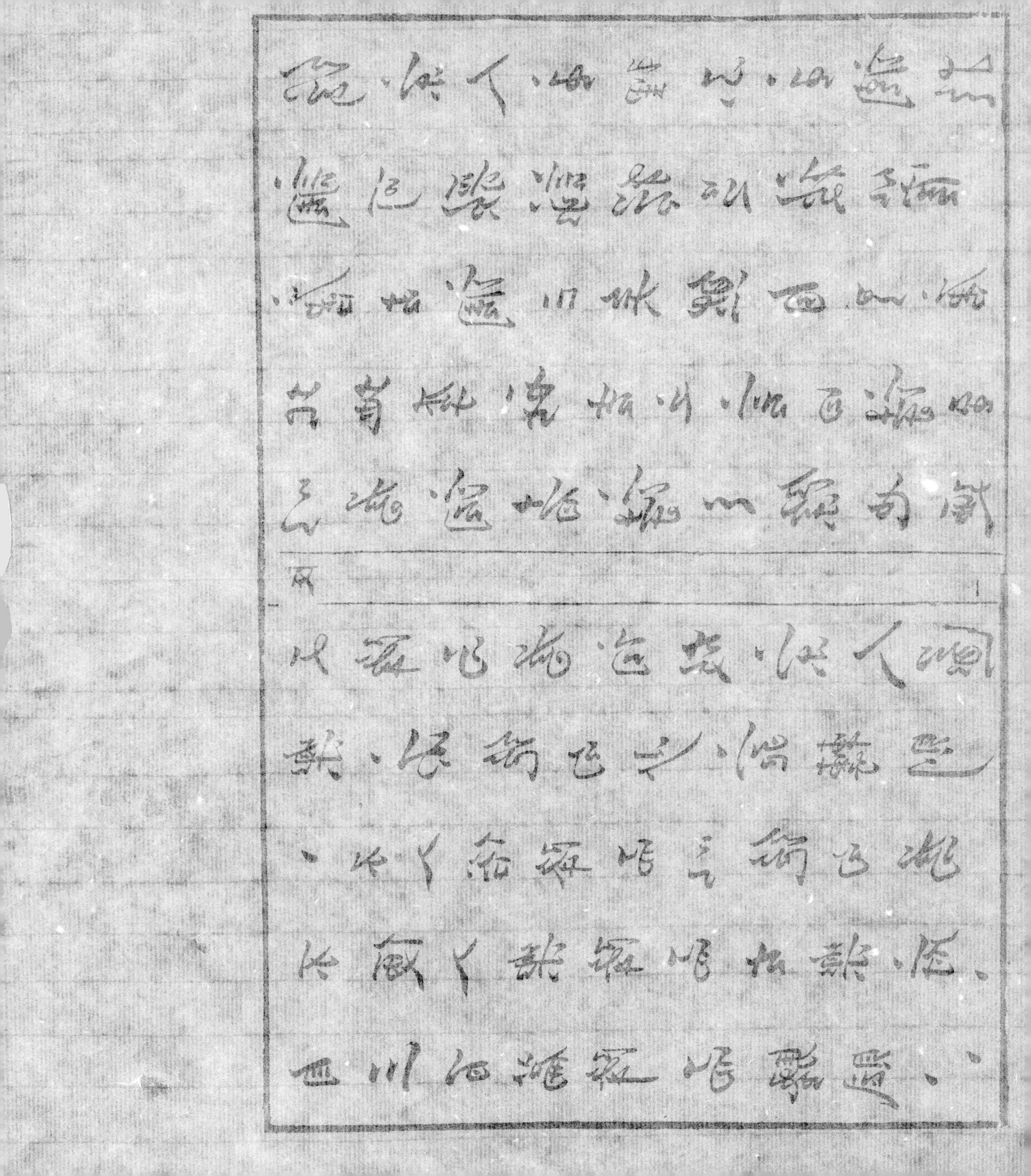

[illegible]

是唐、調之一，云嘗考唐調而娓必以李太白菩薩鬘憶秦娥及楊用脩所傳之清平樂為開山，而陶弘景之寒夜怨、梁武帝之江南弄、陸瓊之飲酒樂、隋煬帝之望江南又為古今詞以若唐宣宗而稱牡丹帶露真珠顆

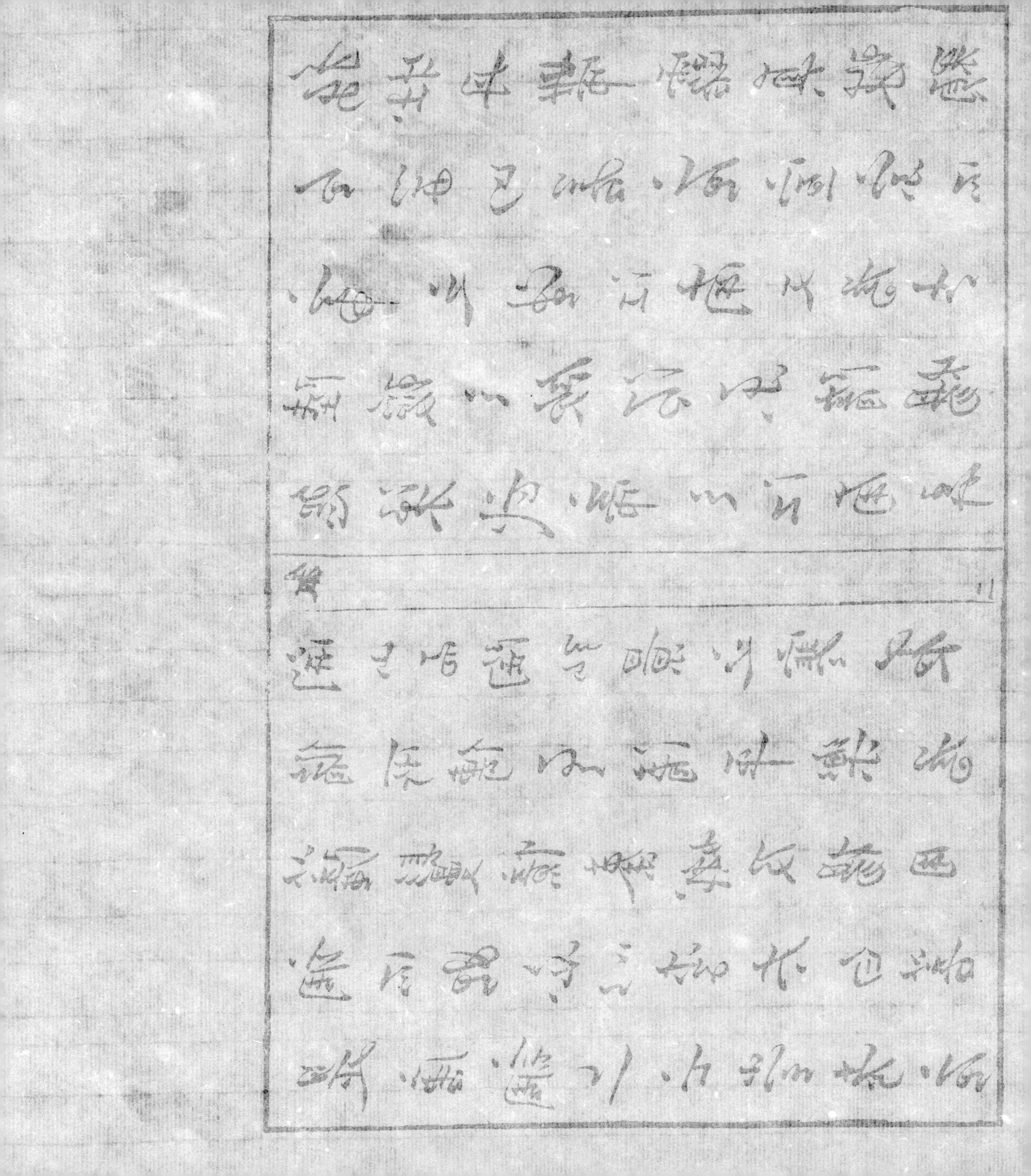

[illegible]
[illegible]
[illegible]
[illegible]
[illegible]

[illegible]

[illegible]
[illegible]
[illegible]
[illegible]
[illegible]

菩薩蠻一闋又不知何時何許人而其為花間集之先聲蓋可知已花間集以其傳正德初楊用脩遊昭覺寺寺故孟氏宣華宮故址始得其本行於南方詩餘流徧人間棗梨充棟而識評賞之者亦復稱是不意留心花間

[illegible]
[illegible]
[illegible]
[illegible]
[illegible]
[illegible]
[illegible]
[illegible]
[illegible]
[illegible]

者之累累也余於牡丹亭二夢之暇結習不忘試取而點次之評隲之期世之有志風雅者與詩餘互賞而唐調之反而樂、府而騷賦而三百篇也詩其不亡也夫詩其不亡也夫

萬曆乙卯春日清遠道人湯顯祖題於玉茗堂

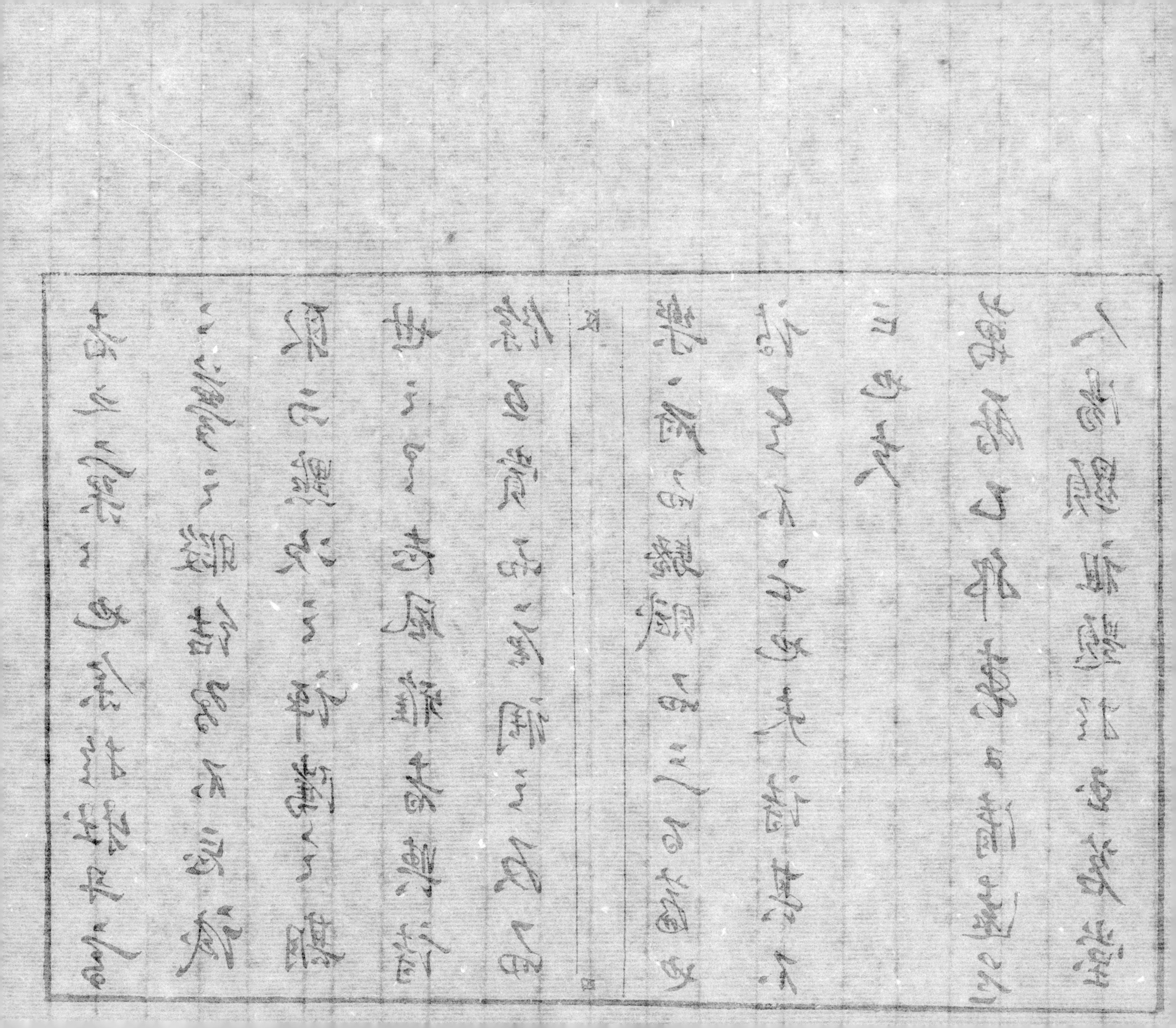

[illegible]

花間集卷之一目録

温庭筠

菩薩蠻十四首
更漏子六首
歸國遥二首
酒泉子四首
定西番三首
楊柳枝八首

南歌子七首
河瀆神三首
女冠子二首
玉胡蝶一首
清平樂二首
遐方怨二首
訴衷情一首
思帝鄉一首

夢江南 二首
河傳 三首
蕃女怨 二首
荷葉盃 三首

皇甫松

天仙子 二首
浪濤沙 二首
楊柳枝 二首
摘得新 二首
夢江南 二首
採蓮子 一首

韋莊

浣溪沙 五首
菩薩蠻 五首
歸國遙 三首
應天長 二首

荷葉盃 二首
清平樂 四首
望遠行 一首
謁金門 二首
江城子 二首
河傳 三首
天仙子 五首
喜遷鶯 二首

思帝鄉 二首
訴衷情 二首
上行盃 二首
女冠子 二首
更漏子 一首

裒花間集者額以温飛卿菩薩蠻十四首而李翰林一首爲詞家鼻祖以生不同時不得例入今請之李如藐姑仙子已脫盡人間烟火氣温如芙蕖浴碧楊柳挹青意中之意言外之言無不巧隽而妙入珠璧相耀正自不妨並美

花間集卷之一

唐 趙崇祚

明 湯顯祖 評

温庭筠

菩薩蠻

小山重疊金明滅鬢雲欲度香顋雪懶起畫蛾眉弄粧梳洗遲照花前後鏡花面交相映新帖繡羅襦雙雙金鷓鴣

其二

水精簾裏頗黎枕暖香惹夢鴛鴦錦江上柳如煙雁飛殘月天藕絲秋色淺人勝參差剪雙鬢隔香紅玉釵頭上風

其三

蘂黃無限當山額宿粧隱笑紗窻隔相見牡丹時暫來還別離翠釵金作股釵上雙蝶舞心事竟誰知月明花滿枝

碧紗如烟隔窗語得畫家三昧此更覺微遠

其四

翠翹金縷雙鸂鶒水紋細起春池碧池上海棠梨雨晴紅滿枝　繡衫遮笑靨烟草粘飛蝶青瑣對芳菲玉關音信稀

其五

杏花含露團香雪綠楊陌上多離別燈在月朧明覺來聞曉鶯　玉鈎褰翠幙粧淺舊眉薄春夢正關情鏡中蟬鬢輕

其六

玉樓明月長相憶柳絲裊娜春無力門外草萋萋送君聞馬嘶　畫羅金翡翠香燭銷成淚花落子規啼綠窗殘夢迷

其七

那前景非會心人不知

鳳凰相對盤金縷牡丹一夜經微雨明鏡照新粧鬢輕雙臉長　畫樓相望久欄外垂絲柳音信不歸來社前雙燕廻

其八

牡丹花謝鶯聲歇綠楊滿院中庭月相憶夢難成背窻燈半明　翠鈿金壓臉寂寞香閨掩人遠淚闌干燕飛春又殘

其九

滿宮明月梨花白故人萬里關山隔金雁一雙飛淚痕沾繡衣　小園芳艸綠家住越溪曲楊柳色依依燕歸君不歸

其十

寶函鈿雀金鸂鶒沉香關上吳山碧楊柳又如絲驛橋春雨時　畫樓音信斷芳艸江南岸鸞鏡與花枝此情誰得知

其十一

南園滿地堆輕絮愁聞一霎清明雨雨後却斜陽杏花零落香　無言勻睡臉枕上屏山掩時節欲黃昏無憀獨倚門

十五調中如團字留字知字冷字皆一字法如惹夢如香雪皆二字法如當山額如金鑿臘皆三字法四五字六七字皆有法解人當自知之不能悉記

其十二

夜來皓月纔當午重簾悄悄無人語深處麝烟長卧時留薄粧　當年還自惜往事那堪憶花落月明殘錦衾知曉寒

其十三

雨晴夜合玲瓏日萬枝香裊紅絲拂閑夢憶金堂滿庭萱草長　繡簾垂簏簌眉黛遠山綠春水渡溪橋凭欄魂欲銷

其十四

竹風輕動庭除冷珠簾月上玲瓏影山枕隱穠粧綠檀金鳳凰　兩蛾愁黛淺故國吳宮遠春恨正關情画樓殘點聲

更漏子

柳絲長春雨細花外漏聲迢遞驚塞鴈起城烏画屏金鷓鴣　香霧薄透簾幕惆悵謝家池閣紅燭背繡簾垂夢長君不知

簾外曉鶯殘月妙矣而楊柳曉風殘月更過之宋詩遠不及唐而詞多不讓其故殆不可解

其二

星斗稀鍾鼓歇簾外曉鶯殘月蘭露重柳風斜滿庭堆落花　虛閣上倚闌望還似去年惆悵春欲暮思無窮舊歡如夢中

其三

金雀釵紅粉面花裏暫時相見知我意感君憐此情須問天　香作穗蠟成淚還似兩人心意山枕膩錦衾寒覺來更漏殘

口頭語平衍不俗亦是填詞當家

其四

相見稀相憶久眉淺淡烟如柳垂翠幕結同心待郎熏繡衾　城上月白如雪蟬鬢美人愁絕宮樹暗鵲橋橫玉籤初報明

其五

句好

背江樓臨海月城上角聲嗚咽堤柳動島烟昏兩行征雁分　西陵路歸帆渡正是芳菲欲度銀燭盡玉繩低一聲村落雞

芙容脂膩綠雲鬟妝覺釵頭玉亦香

其六

玉罏香紅蠟淚偏照畫堂秋思眉翠薄鬢雲殘夜長衾枕寒 梧桐樹三更雨不道離情正苦一葉葉一聲聲空階滴到明

歸國遙

香玉翠鳳寶釵垂䍡䍁鈿筓交勝金粟越羅春水淥 畫堂照簾殘燭夢餘更漏促謝娘無限心曲曉屏山斷續

其二

雙臉小鳳戰篦金颭艷舞衣無力風斂藕絲秋色染 錦帳繡幃斜掩露珠清曉簟粉心黃蘂花靨黛眉山兩點

酒泉子強半用三字句最易

酒泉子

花映柳條吹向綠萍池上凭闌干窺細浪雨蕭蕭 近來音信兩疏索洞房空寂寞掩銀屏垂翠箔度春宵

全四詞中纖詞麗語轉摺自如能品也

其二

日映紗窗金鴨小屏山碧故鄉春煙藹隔背蘭釭宿粧惆悵倚高閣千里雲影薄草初齊花又落燕雙雙

其三

楚女不歸樓枕小河春水月孤明風又起杏花稀玉釵斜篸雲鬟髻裙上金縷鳳八行書千里夢雁南飛

前段少紅字後段多一字

其四

羅帶惹香猶繫別時紅豆淚痕新金縷舊斷離腸一雙嬌燕語雕梁還是去年時節綠陰濃芳草歇枕花狂

月徘徊見香稻啄餘鸚鵡杜句法

定西番

漢使昔年離別攀弱柳折寒梅上高臺　千里玉關春雪雁來人不來羌笛一聲愁絕月徘徊

其二

海燕欲飛調羽萱艸綠杏花紅隔簾櫳雙髻翠霞金縷一枝春艷濃樓上月明三五瑣窗中

不知秋思在誰家

其三

細雨曉鶯春晚人似玉柳如眉正相思羅幕翠簾初捲鏡中花一枝腸斷塞門消息雁來稀

楊柳枝

楊柳枝唐自劉禹錫白樂天而下凡數十首然惟詠史詠物比諷隱含方能各極其妙如飛入宮墻不見人隨風好去入誰家萬樹千條各自垂等什皆感物寓懷言不盡意真托咏之名匠也此中三五卒章真堪方駕劉白

宜春花外又長條閑褭春風伴舞腰正是玉人腸絕處一溪春水赤欄橋

其二

南內墻東御路傍須知春色柳絲黄杏花未肯無情思何事行人最斷腸

其三

蘇小門前柳萬條毿毿金線拂平橋黄鶯不語東風起深閉朱門伴舞腰

其四

金縷毿毿碧瓦溝六宮眉黛惹香愁晚來更帶

龍池雨半拂闌干半入樓

其五

館娃宮外鄴城西遠映征帆近拂堤繫得王孫
歸意切不關芳艸綠萋萋

其六

兩兩黃鸝色似金裊枝啼露動芳音春來幸自
長如線可惜牽纏蕩子心

其七

御柳如絲映九重鳳凰窗映繡芙蓉景陽樓畔
千條路一面新粧待曉風

其八

織錦機邊鶯語頻停梭垂淚憶征人塞門三月
猶蕭索縱有垂楊未覺春

南歌子

手裏金鸚鵡胷前繡鳳凰偷眼暗形相不如從
嫁與作鴛鴦

短調中能尖新而轉換自覺情來可思腐句腐字一

毫用不着

撲蕊呵花四字淡未經人道過

其二

似帶如絲柳團酥握雪花簾捲玉鈎斜九衢塵欲暮逐香車

其三

髻墮低梳髻連娟細掃眉終日兩相思爲君憔悴盡百花時

其四

臉上金霞細眉間翠鈿深欹枕覆鴛衾隔嶶鶯百囀感君心

其五

撲蕊添黄子呵花滿翠鬟鴛枕暎屏山月明三五夜對芳顏

其六

轉眄如波眼娉婷似柳腰花裏暗相招憶君腸欲斷恨春宵

其七

懶拂鴛鴦枕休縫翡翠裙羅帳罷鑪燻近來心
更切爲思君

二詞頗無濃致亦須千古並傳柏梁金谷蘭亭帶挈中乘人不少上駟之冤亦下駟之幸耶閣筆爲之一噱

河瀆神

河上望叢祠廟前春雨來時楚山無限鳥飛遲
蘭棹空傷別離　何處杜鵑啼不歇艷紅開盡
如血蟬鬢美人愁絕百花芳艸佳節

其二

孤廟對寒潮西陵風雨蕭蕭謝娘惆悵倚蘭橈

淚流玉筯千條　暮天愁聽思歸樂早梅香滿
山郭廻首兩情蕭索離魂何處飄泊

其三

銅鼓賽神來滿庭幡蓋徘徊水村江浦過風雷
楚山如畫煙開　離別櫓聲空蕭索玉容惆悵
粧薄青麥燕飛落落捲簾愁對珠閣

女冠子

宿翠殘紅窈窕新粧初試

含嬌含笑宿翠殘紅窈窕鬢如蟬寒玉簪秋水

不條宿翠

當更娬媚標人情語不當爲登徒子見也

輕紗捲碧煙　雪胷鸞鏡裏琪樹鳳樓前寄語
青蛾伴早求仙

其二

霞帔雲髮鈿鏡仙容似雪畫愁眉遮語迴輕扇
含羞下翠幃　玉樓相望久花洞恨來遲早晚
乘鸞去莫相遺

玉蝴蝶

秋風淒切傷離行客未歸時塞外草先衰江南

雁到遲　芙蓉凋嫩臉楊柳墮新眉搖落使人
悲斷腸誰得知

清平樂

上陽春晚宮女愁蛾淺新歲清平思同輦爭奈
長安路遠　鳳帳鴛被徒燻寂寞花鎖千門競
把黃金買賦爲妾將上明君

其二

洛陽愁絕楊柳花飄雪終日行人恣攀折橋下

清平樂六劇自太白見呂鵬遇雲集乞四首黃玉林以二首無清逸氣韻但〻刪去殊惱人以二詞不知應作何去取

水流嗚咽　上馬爭勸離觴南浦鶯聲斷腸愁
殺平原年少迴首揮淚千行

遐方怨

憑繡檻解羅幃未得君書斷腸瀟湘春雁飛不
知征馬幾時歸海棠花謝也雨霏霏

其二

花半拆雨初晴未捲珠簾夢殘惆悵聞曉鶯宿
粧眉淺粉山橫約鬢鸞鏡裏繡羅輕

訴衷情

鶯語花舞春晝午雨霏微金帶枕宮錦鳳凰帷
柳弱燕交飛依依遼陽音信稀夢中歸

思帝鄉

花花滿枝紅似霞羅袖畫簾腸斷卓香車迴面
共人閒語戰篦金鳳斜唯有阮郎春盡不歸家

夢江南

千萬恨恨極在天涯山月不知心裏事水風空

風華情致六朝人之長短

句也

朝朝江上望錯認幾人船同一結想

三詞俱少輕倩似不宜于十七八女孩兒之紅牙拍歌又無關西大漢執鐵板氣概恐無當也

落眼前花搖曳碧雲斜

其二

梳洗罷獨倚望江樓過盡千帆皆不是斜暉脈脈水悠悠腸斷白蘋洲

河傳

江畔相喚曉粧鮮仙景箇女採蓮請君莫向那岸邊少年好花新滿船　紅袖搖曳逐風暖垂玉腕腸向柳絲斷浦南歸浦北歸莫知晚來人

已稀

其二

湖上閑望雨蕭蕭煙浦花橋路遙謝娘翠蛾愁不銷終朝夢魂迷晚潮　蕩子天涯歸棹遠春已晚鶯語腸空斷若耶溪溪水西柳堤不聞郎馬嘶

其三

同伴相喚杏花稀夢裏每愁依違仙客一去燕

唐人多緣題起詞如荷葉盃佳題也此公撥題矣詞短而無深味帝相儘多雁句而又與題疏跌令人不無遺恨

已飛不歸淚痕空滿衣　天際雲鳥引情遠春
已晚烟靄渡南苑雪梅香柳帶長小娘轉令人
意傷

蕃女怨

萬枝香雪開已遍細雨雙燕鈿蟬箏金雀扇畫
梁相見雁門消息不歸來又飛迴

其二

磧南沙上驚雁起飛雪千里玉連環金鏃箭年

年征戰畫樓離恨錦屏空杏花紅

荷葉盃

一點露珠凝冷波影滿池塘綠莖紅艷兩相亂
腸斷水風涼

其二

鏡水夜來秋月如雪採蓮時小娘紅粉對寒浪
惆悵正思惟

其三

余有詩云推蹇歷々數晴峯恍與此合

桑田滄海一語破盡紅顏變為白髮矣少年化為雞皮老翁感慨係之矣

楚女欲歸南浦朝雨濕愁紅小船搖漾入花裏
波起隔西風

皇甫嵩

天仙子

晴野鷺鷥飛一隻水葓花發秋江碧劉郎此日
別天仙登綺席淚珠滴十二晚峯高歷歷

其二

躑躅花開紅照水鷓鴣飛遶青山觜行人經歲
始歸來千萬里錯相倚懊惱天仙應有以

浪濤沙

灘頭細草接疎林浪惡罾船半欲沉宿鷺眠鷗
非舊浦去年沙觜是江心

其二

蠻歌豆蔻北人愁蒲雨杉風野艇秋浪起鵁鶄
眠不得寒沙細細入江流

楊柳枝

春入行宮映翠微玄宗侍女舞烟絲如今柳向
空城綠玉笛何人更把吹

其二

爛熳春歸水國時吳王宮殿柳絲垂黃鶯長叫
空閨伴西子無因更得知

摘得新

酌一巵須教玉笛吹錦筵紅蠟燭莫來遲繁紅
一夜經風雨是空枝

自是尋春去較遲情癡癡之感亦負心之癡也摘得新者自不落風雨之後

其二

激醒世人蕉夢急當着眼

摘得新枝枝葉葉春管絃兼美酒最關人平生
都得幾十度展香茵

夢江南

好景多在閒時風雨蕭蕭何害

蘭燼落屏上暗紅蕉閑夢江南梅熟日夜船吹
笛雨蕭蕭人語驛邊橋

其二

樓上寢殘月下簾旌夢見秣陵惆悵事桃花柳

人情中語體貼工緻不減飛卿而契之

絮滿江城雙髻坐吹笙

採蓮子

菡萏香連十頃陂舉棹小姑貪戲採蓮遲年少
晚來弄水船頭濕舉棹更脫紅裙裹鴨兒年少
船動湖光灩灩秋舉棹貪看年少信船流年少
無端隔水拋蓮子舉棹遙被人知半日羞年少

韋莊

浣溪沙

清曉粧成寒食天柳毬斜裊間花鈿捲簾直出畫堂前　指點牡丹初綻朵日高猶自凭朱欄含嚬不語恨春殘

其二

欲上鞦韆四體慵擬教人送又心忪畫堂簾幕月明風　此夜有情誰不極隔牆梨雪又玲瓏玉容憔悴惹微紅

六溪韵

其三

以晴想句問起越見下二句形容快絕

惆悵夢餘三月斜孤燈照碧背窗紗小樓高閣
謝娘家　暗想玉容何所似一枝春雪凍梅花
滿身香霧簇朝霞

其四

綠樹藏鶯鶯正啼柳絲斜拂白銅堤弄珠江上
草萋萋　日暮飲歸何處客繡鞍驄馬一聲嘶
滿身蘭麝醉如泥

滿飲真吾師

其五

想君憶來二句皆意中意言外言也水中着鹽甘苦自知

夜夜相思更漏殘傷心明月凭闌干想君思我
錦衾寒　咫尺畫堂深似海憶來唯把舊書看
幾時攜手入長安

菩薩蠻

詞本菩薩蠻而語近江南弄憂江南等六作者之変風也

紅樓別夜堪惆悵香燈半捲流蘇帳殘月出門
時美人和淚辭　琵琶金翠羽絃上黃鶯語勸
我早歸家綠窗人似花

其二

人人盡說江南好遊人只合江南老春水碧於天畫船聽雨眠　鑪邊人似月皓腕凝雙雪未老莫還鄉還鄉須斷腸

其三

如今却憶西湖樂當時年少春衫薄騎馬倚斜橋滿樓紅袖招　翠屏金屈曲醉入花叢宿此度見花枝白頭誓不歸

一起一結直寫曠達之思與郭璞遊仙阮籍述懷將無同調

其四

勸君今夜須沉醉罇前莫話明朝事珍重主人心酒深情亦深　須愁春漏短莫訴金盃滿遇酒且呵呵人生能幾何

其五

洛陽城裏春光好洛陽才子他鄉老柳暗魏王堤此時心轉迷　桃花春水淥水上鴛鴦浴凝恨對殘暉憶君君不知

歸國遥

還不是辭語花不問也得

春欲暮滿地落花紅帶雨惆悵玉籠鸚鵡单棲
無伴侶 南望去程何許問花花不語早晚得
同歸去恨無雙翠羽

其二

金翡翠爲我南飛傳我意罨畫橋邊春水幾年
花下醉 別後只知相愧淚珠難遠寄羅幕繡
幃鴛被舊歡如夢裡

其三

春欲晚戲蝶遊蜂花爛熳日落謝家池館柳絲
金縷斷 睡覺綠鬟風亂画屏雲雨散閒倚博
山長嘆淚流沾皓腕

好光景

應天長

綠槐陰裏黃鶯語深院無人春晝午畫簾垂金
鳳舞寂寞繡屏香一炷 碧天雲無定處空有
夢魂來去夜夜綠窻風雨斷腸君信否

其二

唐人西邊之州伊涼甘石渭氐六州歌頭本鼓吹曲也以古興亡事寔之音調悲壯聞之使人慷慨故宋

人大和大仙
皆用之　澗
朝則用憑天
長然非此豔
体也

別來半歲音書絕一寸離腸千萬結難相見易相別又是玉樓花似雪　暗相思無處說惆悵夜來煙月想得此時情切淚沾紅袖黦

荷葉盃

絕代佳人難得傾國花下見無期一雙愁黛遠山眉不忍更思惟　閑掩翠屏金鳳殘夢羅幕畫堂空碧天無路信難通惆悵舊房櫳

其二

情景逼真自
與尋常豔語
不同

記得那年花下深夜初識謝娘時水堂西面畫簾垂攜手暗相期　惆悵曉鶯殘月相別從此隔音塵如今俱是異鄉人相見更無因

清平樂

春愁南陌故國音書隔細雨霏霏梨花白燕拂畫簾金額　盡日相望王孫塵滿衣上淚痕誰向橋邊吹笛駐馬西望銷魂

其二

此是詠琴已脫風情之累風觸鳴琴是風是琴須更轉一解

野花芳艸寂寞關山道柳吐金絲鶯語早惆悵香閨暗老　羅帶悔結同心獨凭朱欄思深夢覺半床斜月小窻風觸鳴琴

其三

何處遊女蜀國多雲雨雲解有情花解語窣地繡羅金縷　粧成不整金鈿含羞待月鞦韆住在綠槐陰裏門臨春水橋邊

其四

情與時會倍覺其慘如此想頭幾轉法華

鶯啼殘月繡閣香燈滅門外馬嘶郎欲別正是落花時節　粧成不画蛾眉含羞獨倚金扉去路香塵莫掃掃即郎去歸遲

望遠行

欲別無言倚画屏含恨暗傷情謝家庭樹錦雞鳴殘月落邊城　人欲別馬頻嘶綠槐千里長堤出門芳艸路萋萋雲雨別來易東西不忍別君後却入舊香閨

情不知所起一往而深聞抱琵琶尋舊曲直是無聊之思

韋莊

謁金門

春漏促金燼暗挑殘燭一夜簾前風撼竹夢魂相斷續　有箇嬌嬈如玉夜夜繡屏孤宿閑抱琵琶尋舊曲遠山眉黛綠

其二

空相憶無計得傳消息天上嫦娥人不識寄書何處覓　新睡覺來無力不忍把伊書跡滿院落花春寂寂斷腸芳艸碧

全篇摹畫樂境而不覺其流連狼籍言簡而意遠矣

江城子

恩重嬌多情易傷漏更長解鴛鴦朱唇未動先覺口脂香緩揭繡衾抽皓腕移鳳枕枕潘郎

其二

髻鬟狼籍黛眉長出蘭房別檀郎角聲嗚咽星斗漸微茫露冷月殘人未起留不住淚千行

河傳

清淮月映句感慨一時浮泪千古

何處煙雨隋堤春暮柳色蔥龍畫橈金縷翠旗高颭香風水光融　青娥殿腳春粧媚輕雲裏綽約司花妓江都宮闕清淮月映迷樓古今愁

其二

春晚風暖錦城花滿狂殺遊人玉鞭金勒尋勝馳驟輕塵惜良晨　翠娥爭勸臨邛酒纖纖手拂面垂絲柳歸時煙裏鐘鼓正是黃昏暗銷魂

其三

錦浦春女繡衣金縷霧薄雲輕花深柳暗時節正是清明雨初晴　玉鞭魂斷煙霧路鶯鶯語一望巫山雨香塵隱映遙見翠檻紅樓黛眉愁

天仙子

悵望前回夢裏期看花不語苦尋思露桃宮裏小腰肢眉眼細鬢雲垂唯有多情宋玉知

其二

有此和法便不覺其酒氣

深夜歸來長酩酊扶入流蘇猶未醒醺醺酒氣

雖爛醉如泥受用矣

以上四首俱佳絕卒章何來意乃爾豈強弩之末江淹才盡耶

讀張道陵傳每恨白日思

麝蘭和鶯睡覺笑呵呵長道人生能幾何

其三

蟾彩霜華夜不分天外鴻聲枕上聞繡衾香冷嬾重薰人寂寂葉紛紛纔睡依前夢見君

其四

夢覺雲屏依舊空杜鵑聲咽隔簾櫳玉郎薄倖去無蹤一日日恨重重淚睑蓮腮兩線紅

其五

金似衣裳玉似身眼如秋水鬢如雲霞裙月帔一羣羣來洞口望煙分劉阮不歸春日曛

無妙結句確乎當删

喜遷鶯

人洶洶鼓鼕鼕襟袖五更風大羅天上月朦朧騎馬上虛空　香滿衣雲滿路鸞鳳遶身飛舞霓旌絳節一羣羣引見玉華君

其二

街鼓動禁城開天上探人迴鳳銜金牓出雲來

語便頭爽歘
後二詞亦復
類此

次句多二字

此詞在成都
作蜀之伎女
至今有花翹
之飾名曰翹
花兒云

平地一聲雷　鶯已遷龍已化一夜滿城車馬
家家樓上簇神仙爭看鶴沖天

思帝鄉

雲髻墜鳳釵垂髻墜釵垂無力枕函欹翡翠屏
深月落漏依依說盡人間天上兩心知

其二

春日遊杏花吹滿頭陌上誰家年少足風流妾
擬將身嫁與一生休縱被無情棄不能羞

訴中情

燭燼香殘簾半捲夢初驚花欲謝深夜月朧明
何處按歌聲輕輕舞衣塵暗生負春情

其二

碧沼紅芳煙雨靜倚蘭橈垂玉珮交帶褭纖腰
鴛夢隔星橋迢迢越羅香暗銷墜花翹

上行盃

芳艸灞陵春岸柳煙深滿樓絃管一曲離聲腸

直抒情緒怨而不怒騷雅之遺也但嫌與題義少遠類今日之博士家言

寸斷　今日送君十萬紅鏤玉盤金鏤盞須勸
珍重意莫辭滿

其二

白馬玉鞭金轡少年郎離別容易迢遞去程千
萬里　惆悵異鄉雲水滿酌一盃勸和淚須愧
珍重意莫辭醉

女冠子

四月十七正是去年今日別君時忍淚佯低面

含羞半斂眉　不知魂已斷空有夢相隨除卻
天邊月沒人知

其二

昨夜夜半枕上分明夢見語多時依舊桃花面
頻低柳葉眉　半羞還半喜欲去又依依覺來
知是夢不勝悲

更漏子

鐘鼓寒樓閣暝月照古桐金井深院閉小庭空

落花香露紅 煙柳重春霧薄燈背水窻高閣
閒倚戶暗沾衣待郎郎不歸

花間集卷一音釋

序

玳音代 瑁音冒珪長四寸天子執之又音昧

菩薩蠻

顋音腮 蘂音蕊 鸂音溪水鳥 鶒音敕水鳥 亦 靨音掩面上黑子也 朧音龍朦｜也 褰音牽 褭音鳥 娜音努美貌 霎音殺小雨 蠟音臘蜜｜也 玲音零金玉之聲 瓏音龍 ⿱罒彔音祿捕魚具也 欶音速 穠音濃 穗音惠

更漏子

鷟音簇 鴣音孤俱鳥名 島音鳥海中山

歸國遙

篦音畢釵｜也 簟音店竹席 黛音代 罨音掩用以網魚

酒泉子

鬖音參｜差不齊貌 鬟音環 髻音計縮髮也 箔音剝

定西番

櫳音龍 毿音三毛長貌 鄴音業｜縣 梭音蘇

南歌子
鬌音倭 娃音哇 囀音篆鳥鳴也 娉音聘娶也 婷音亭和色也
河瀆神
賽音塞報也
河傳
腕音彎去聲手腕也 靄音遏雲氣光貌 颭音展風吹落水貌
蕃女怨

箏音爭似瑟十三絃也 磧音卽 鏃音族箭丨也
天仙子
荭音洪 觜音資星名 酪音閔 酊音頂俱醉甚也 醺音熏醉貌
浪淘沙
罾音增取魚大網 鳼音文 鶄音精
採蓮子
菡音漢荷花也 萏音淡蓮花蕊也 茵音因蓐屬
浣溪沙

毬音求　鞦音秋　韆音千　嚬音頻笑貌　簇音促小竹叢生

鞍音安馬丨韉也　嘶音西馬丨也　綻音站　忪音中

應天長

黦音月黑文也　窣音速又音匝

喜遷喬

鼕音通鼓聲　霓音倪雲色似龍　撼音汗

訴衷情

撓音鬧曲木　躑音直丨躅也　躅音竹